CONTES ET NOUVELLES

Hector de Saint-Denys Garneau

Conte canadien

– Et qui est-ce qui demeure ici ? dis-je en désignant une maison.

– Ici, c'est enne dame Langlais. Mais vous saurez, monsieur, qu'a est anglais rien qu' de nom : en effette, a pas p'en toute parler l'anglais.

J'étais en voiture et nous trottions sur la route sablonneuse du cinquième rang de la paroisse de Ste-Catherine, par un chaud après-midi d'août. Mon conducteur était un vieil habitant qui avait été au service de notre famille depuis le temps où mon arrière-grand-père était seigneur de la contrée. Il n'était pas jeune, le bonhomme. Il avait soixante-huit ans ; mais il ne les paraissait pas. C'était un de ces vieux, bien canadiens, encore superstitieux et qui savait un tas d'histoires dont plusieurs étaient fort jolies. Il était sec, de taille moyenne, la figure osseuse, avec des yeux un peu creux mais fins et rieurs, qui brillaient sous des sourcils épais en broussaille ; il avait de grandes moustaches brunes et des cheveux bruns malgré son âge. Il disait fièrement : « J'ai promené quatre générations de votre famille. » Et c'était la même voiture qui avait promené tout ce monde-là ! C'est vous dire qu'elle n'était pas belle et pas très solide non plus, la voiture de Moïse Robitaille, où je me trouvais assis à la même place que, jadis, le seigneur de Fossambault. On lui entendait parfois des craquements inquiétants. Mais ce n'était plus la même « jument érable » qui nous tirait, cette fameuse « Puce » qui avait éternellement dix-huit ans et qui était morte, il y a déjà longtemps, de vieillesse (à dix-huit ans !). C'était « Cocq » ou « Boy » ou... je ne sais plus ; toujours est-il qu'il avait une kyrielle de noms. C'était un bon cheval, déjà pas trop jeune, lui non plus, mais qui tirait bon. Il roulait le buggy, tirait la charrue, la faucheuse, la racleuse, traînait les arbres, en hiver ; il était, pourrait-on dire, de tous les métiers. Et, il nous tirait, cet après-midi-là, sur le chemin de sable, un peu cailouteux par endroits, qui avait longé la jolie rivière Jacques-Cartier et qui montait maintenant un coteau où il y avait de place en place, des maisons de fermiers avec leurs bâtiments pour des bêtes, et autour, des champs de blé ou de légumes. Et le bonhomme me disait sur ma demande qui demeurait ici et à qui appartenait ce champ-là, tout en racontant des histoires sur celui-ci et disant que cet autre était parent de « Chose » qui demeurait au village. En passant près d'un champ, j'y vis les fondements d'une maison dont il ne restait plus que la base de pierre et une partie de cave creusée dans la terre.

– Y a-t-il longtemps que ça a passé au feu ?, dis-je indifféremment.

– Ç'a pas passé au feu p'en toûte, me répondit Moïse. C't'enne grange qu'on a démolie et on a ben faite itou. D'abord a sarvait pu à rgnien, rapport qu'a était trop vieille. Épi, à port ça, a était antée ! Vous savez ben, c'que j'veux dire : y avait des r'venants qui y m'naient du vacarme, le soir. C'est vrai ça, qu'y a rien de plus véridique. Moi-même, j'y ai entendu du bruit, et chu toujou pâs peureux.

Il laissa les « cordeaux » glisser un peu et le cheval se mit au pas. Le vieux alluma sa pipe en bavant. Et je me disais : « Voici une histoire. » Elle s'en venait en effet. Quand il eut fini d'allumer sa pipe, il me dit :

– Y a dix ans qu'y ont démoi c'te cabane-là. Avant ça, a était antée comme j'ai dit. Et y avait pas un homme qui serait passé près, tout seul, le soir. Quand on était en voiture, on donnait un coup de fouette au joual pour passer ben vîte. Quand qu'on était à pied on faisait enne grande écartée dans le champ de l'aut'bord, pou pâs passer près. Y avait ben des jeunesses qui voulaient faire les braves et qui passaient devant mais y prenaient leu' jambes quand qu'y-s-entendaient des bruits de chaînes et qu'y voyaient des lumières rouges à travers les fentes. Y en a qu'ont vu enne forme blanche passer la tête à travers la grand'porte, en haut. Y avait un gas qui voulait faire le faraud et qui avait dit qu'y irait coucher, lui, tout seu dans a grange. Vous pensez si tout'monde s'moquait d'lui et qu'on y racontait des histoires pou y donner la chair de poule. Mais y était ben trop fier pou dire qu'y irait pas. C'tait un beau garçon qu'avait été en ville, dans le grand Morrial pendant deux ans et y croyait pas aux revenants, qu'y disait. Si ben qu'un soir, tout le monde avait été le voir entrer dans la grange et qu'on était toute revenus veiller chez l'bonhomme Juneau, vous savez ben, m'sieu, celui qui s'était toûte brûlé les « soucisses » dans enne explosion qu'y avait eu en mettant de l'huile de charbon dans son poêle. Épi les créâtures parlaient ben du gas : y disaient qu'y était ben brave pou aller là tout seu. Épi, moué, j'm'en r'venais d'enne veillée cheu z'un d'mes frères, dans a maison blanche qu'on a passée, betô. Y était pas mal tard parce qu'on avait raconté ben des histoires, et qu'on avait bu d'la bonn' bière d'épinette : y était minuit et cinq ; quand tout d'in coup (y faisait un beau clair de lune), j'vois queuque chose de noir sortir en courant de la grange et continuer à l'épouvante su le ch'min, passer devant la maison où j'étais, qu'est pas mal loin de la grange, comme vous savez, et continuer toujours comme si y avait le diable à ses trousses. Ma jument était attelée (c'est ma jument « érable » qu'j'avais dans c'temps-là). J'saute dans ma voiture et j'fais partir la bête. Quand le gas a entendu du bruit qui s'rapprochait de lui par derrière, j'cré qu'y a failli timber de peur : y osait pas se r'tourner et y courait encore plus fort. Arrivé à côté de lui, je lui criai de pas avoir peur, que c'était moué et malgré sa nerfosité y me r'connut. Je l'fis monter dans ma voiture. Y tremblait comme enne feuille de tremble, l'pauv'garçon. Je lui demandai comment c'était dans a grange. Y a pas voulu rien m'dire, mais j'savais ben qu'y avait vu des drôles de choses et que les r'venants avaient été y faire visite. Chez Juneau, on a ben crié après l'gas mais j'ai passé vite. Après ça on a ben ri d'lui, au village, et trois ans après, on a démoli a bâtisse. Pourtant, les r'venants, par le temps qui court ne l'ont pas encore abandonnée et, l'aut'soir encore, « Ti-Chou » mon fils que vous connaissez et qu'est ben smatte, y a vu des « fifollets » qui rôdaient autour des vieilles pierres... Vous savez, « Ti-Chou » est ben agile ; y connaît ben es machines. Y a eu enne p'tite auto épi, y est si agile, qu'y défait toûte le moteur, qu'y met ça dans un tas épi il l'arrange toûte de renouveau !

Sans nous en douter, nous avions tourné la route du cinquième rang, nous avions traversé le village, le pont et nous nous trouvions au pied de l'allée qui montait au « manoir » qu'avait habité le seigneur Duchesnay et que mes parents habitaient maintenant. Nous le voyions au haut de la petite butte verte, le Manoir en pierre rose, entouré de grands arbres, de hauts pins foncés et sombres. Je dis à Moïse :

– Laissez-moi ici ; je monterai chez moi à pied. Venez me chercher demain à trois heures ; il faut que j'aille voir un ami au lac. Bonjour Moïse.

– Bonjour monsieur. Merci.

Et il était parti, avait disparu de l'autre côté du petit pont, le vieux bonhomme, avec son vieux cheval et sa très vieille voiture.

Ce mercredi 23 janvier 1929,

de St-Denys Garneau.

Dans le tramway

J'aurais voulu rire dans ma barbe mais je me suis aperçu que je n'en avais pas et j'ai failli rire à découvert devant tous les passagers du tramway, et passer pour un fou ; il se peut fort bien que je sois fou et j'en suis moi-même convaincu, mais je ne trouvais aucune nécessité à l'afficher devant tout le monde en riant tout seul. Un monsieur venait d'entrer. Il portait des paquets qui semblaient fort embarrassants. C'était un monsieur d'une trentaine d'années avec une face rose et réjouie. Il s'assit, regarda son voisin d'un air des plus aimables, puis s'enfonça un peu dans son siège, renversa sa tête en arrière et ferma les yeux en gardant sur ses lèvres un sourire béat sur lequel je m'étonnais et qui provoquait chez moi cette folle envie de rire. Il gardait la bouche entr'ouverte, peut-être pour montrer quelques belles dents d'or qui l'ornaient. Il avait l'air d'un bébé innocent qui s'endort ; il ouvrait de temps en temps les yeux et souriait à droite et à gauche et se préparait de nouveau à dormir son sommeil de chérubin. Le tramway s'emplissait et je me levai pour offrir mon siège à une bonne dame. Après avoir changé de place plusieurs fois, je me trouvai debout devant une dame d'âme mûr et deux jeunes filles d'environ vingt-cinq ans. Ces demoiselles m'apprirent que « Chose » allait se marier deux fois. On le lui avait dit en la tirant aux cartes. « Nous verrons si cela va arriver », disaient-elles et je croyais qu'en effet, avant de le croire, elles feraient bien mieux de voir s'il en serait ainsi. « Il doit y avoir un malheur qui nous attend. Imagine-toi, ma chère enfant ! que nous sommes trois de la maison qui avons rêvé à la mort la nuit dernière. J'ai rêvé que papa est mort. Jeanne a rêvé que Jacques se mourait et Machin a rêvé qu'un autre allait mourir ! Vous verrez. On m'a dit depuis qu'il arrive toujours le contraire de ce qu'on rêve », et j'ai trouvé ceci encore plus absurde. D'abord, qu'est-ce que le contraire d'un événement ? Est-ce le fait que cet événement n'arrive pas ? En ce cas je suis fort de cet avis, car ce qu'on rêve n'arrive que rarement et par pure coïncidence.

Un cri troubla la profondeur de mes pensées. Je me retournai ! C'était une petite vieille d'environ quatre pieds de haut qui, dans la foule, se trouvait prise, écrasée à en étouffer entre deux messieurs pas polis. Et elle s'écriait : « *Stop that !* » avec une voix en détresse qui fit éclater de rire les bonnes gens qui m'entouraient ; je pus alors sourire à mon aise. Ah ! le peu de charité qu'il y a sur la terre ! Rire d'une pauvre femme qui se faisait écraser ! Son pauvre chapeau remontait et descendait, penchait et se redressait sous la poussée de la foule. Le gros monsieur de six pieds, encapuchonné dans un capot de chat, et à qui s'adressait ce cri indigné, se retourna, baissa la tête, et imperturbable, dit à la petite femme d'un air agacé : « *Don't push so much !* » Je me retournai pour rire plus à mon aise... J'avais passé mon coin ! Je vous ai dit que je suis fou ! Mais, oh ! non, ne le dites à personne.

De St-Denys Garneau,
Ce dimanche 27 janvier 1929.

Terreur

Nous avions loué pour passer quinze jours à la campagne, une petite maison. Nous descendions du train et une voiture attelée d'une rossinante osseuse nous transportait durant les quelques milles qu'il nous restait à parcourir entre la gare et notre habitation.

Le soleil déclinait lentement et faisait violettes les montagnes que son disque touchait déjà. Le paysage était charmant et mes regards s'y attardaient avec beaucoup de plaisir.

– Quelle température merveilleuse ! dis-je en m'adressant au cocher barbu qui nous conduisait.

– Oui monsieur ! Mais ça ne durera pas longtemps. On va avoir du gros vent et une grosse ondée.

Son doigt me désignait l'est. En effet, par-dessus la montagne lointaine se dessinait une épaisse ligne de nuages. Le dessus flamboyait des rayons obliques du soleil, mais le dessous noir était peu rassurant.

Cependant nous arrivions. Une montée sombre entre deux haies de hauts sapins conduisait à un joli chalet de bois assis sur une colline. De grands pins noirs le couvraient de leurs bras chenus. Ce coin était charmant dans le crépuscule naissant où les contours s'estompaient dans le mauve.

Arrivé là je parcourus un peu les alentours. En bas, en avant, le chemin du village passait. Près d'un quart de mille de bosquets nous séparait des premières habitations. Derrière notre maison, après un pli du terrain, gisait le cimetière comme barbelé par les petites croix noires ou blanches qui se hérissaient parmi l'herbe haute ; quelques monuments plus élevés se découpaient contre le ciel.

Je m'en revins. Après le souper nous allâmes chacun voir notre chambre et nous y accommoder pour la nuit. La mienne, au second, était vaste et nue. Un lit et une chaise composaient le mobilier rudimentaire. De grosses poutres traversaient le plafond et le mur de planches brutes n'était orné d'aucune image.

Un ami, avec sa femme, couchait dans une chambre sous la mienne. De l'autre côté d'un corridor étroit, une servante avait été logée. De bonne heure nous nous mîmes au lit car l'air vif nous avait donné sommeil. Les lampes éteintes tout demeura silencieux et je m'endormis.

Je m'éveillai soudain. Ma chambre s'illuminait par intervalles rapprochés, de grandes lueurs blafardes. Ma fenêtre s'allumait à de vifs éclairs. Les vitres s'ébranlaient aux sourds roulements du tonnerre et sous la poussée du vent qu'on entendait siffler éperdument dans les branches des grands pins qui venaient frapper le toit en se tordant dans l'orage. La maison craquait toute sous l'effort de la tempête. Les éclairs illuminaient sinistrement le cimetière échevelé où les croix noires étaient horribles à voir.

Sous moi j'entendais une respiration haletante.

– Jean ! Jean ! chuchotait la femme en secouant son mari.

Celui-ci après un profond soupir répondait d'une voix encore mal éveillée :

– Qu'est-ce que tu veux ?

– J'ai peur !

– Peur de quoi ?

– De... de... des morts !

– Tu es folle ! Dors sur tes deux oreilles. Il n'y a pas de morts ici !

– Oui Jean. Le cimetière, là-bas !

– Laisse-moi dormir.

Le sommier craque ; il s'est retourné.

– Je sens qu'il y a quelque chose.

– Mais non, non !

La tempête se démène dehors dans toute sa furie. Soudain un éclair gigantesque éclaire toute ma chambre et là, près de la porte, dans la pénombre une forme en blanc est immobile, indécise comme un fantôme ; son immobilité la rend terrible.

– Ah ! dis-je.

Et je reste cloué à mon lit, incapable de crier, de faire un mouvement quand un cri sinistre, un cri de femme horrifiée, un cri strident, long, aigu, presque un hurlement, retentit dans le fracas de l'orage. Un autre cri lui répond, aussi horrible, aussi poignant. C'est une diablerie inconcevable. Le fantôme blanc bat des mains et s'effondre comme une masse. Les cris cessent subitement et ce n'est plus que l'orage qui siffle et l'éclair qui illumine le cimetière effroyablement.

Je reste là, cloué à mon lit, les yeux hagards, la bouche entrouverte, les dents me claquent dans la bouche, une sueur froide coule le long de mon épiderme !

Je ferme les yeux et un tremblement nerveux s'empare de tout mon être.

Tout à coup j'entends que l'on m'appelle. J'ouvre les yeux. Jean est à genoux près de ma porte avec une lampe.

– Va chercher du cognac dans ma valise, à droite. Elle a perdu connaissance.

– Qui, elle ?

– La servante, mon Dieu. Dépêche-toi !

de St-Denys Garneau
Ce vendredi 28 mars 1930

Le paquet de l'oncle Alfred

– Jeanne, ma petite Jeannette, monte t'habiller. Ton oncle Alfred vient dîner avec nous. Il faut que tu sois belle.

– Oh ! l'oncle aux bonbons !

Et en disant cela, Jeannette avait presque envie de se passer la langue sur les lèvres dans un mouvement de petite gourmande qu'elle était. Jeanne la jolie petite fille de sept ans s'en va en dansant pour se faire habiller de sa plus gentille robe rose ornée de fleurettes lilas. Et, tout le temps qu'on l'habille, elle a l'oreille tendue, attendant impatiemment les deux gros coups de cloche bourrus du bon oncle Alfred.

À peine le dernier ruban attaché, la dernière frisette tournée à droite ou à gauche, voilà le coup de clochette ! Jeannette dégringole l'escalier quatre à quatre et se jette dans les bras de l'oncle tout embarrassé de son parapluie et d'une grosse boîte carrée, bien enveloppée. Après quelques bons bécots, l'oncle Alfred, tout essoufflé d'un pareil accueil, dépose son parapluie dans le vestibule, le paquet carré sur la corniche de la cheminée. Le dîner sonné, tout le monde se met à table.

C'est si long un dîner ! Surtout celui-ci pour la petite Jeannette qui se penche de temps en temps et de plus en plus souvent pour regarder avec des yeux grands de convoitise, la boîte enveloppée sur la corniche de la cheminée.

C'est si bon des chocolats ! Comme elle est gourmande, la petite Jeannette ne tient plus guère sur sa chaise. Elle se mord les lèvres, tâche de s'occuper d'autre chose, mais rien n'y fait : ses yeux reviennent toujours vers la corniche de la cheminée, comme attirés par un aimant.

Enfin, l'interminable repas est terminé ! On revient au salon en fumant une cigarette. L'oncle Alfred a pris Jeannette sur ses genoux ; il lui parle de ses poupées, mais elle est distraite, ne répond qu'évasivement. Machinalement, l'oncle dirige son regard du même côté que celui de sa nièce.

– Tiens, ça m'y fait penser ! Va donc me chercher le paquet sur la corniche.

Jeannette jubile : c'est à peine si elle peut contenir un cri de joie.

11/44

Sautillante, elle s'est approchée de la cheminée. En se haussant sur le bout de ses petits pieds, elle parvient à tirer la boîte tant convoitée. Elle la rapporte à son oncle en baissant les yeux parce que ça la gêne un peu.

– Demande à ton père d'ouvrir ce paquet, ma petite, dit l'oncle en donnant une petite tape amicale sur la joue de Jeannette qui s'empresse d'aller porter le paquet à son père. Sur le bout de ses pieds, le cou tendu en avant, les yeux brillants, elle regarde anxieusement son papa qui ouvre le paquet.

– Tiens ! Ah !... des cigares !

de St-Denys Garneau,
fin mars 1930

La barrique de bière

Maître Gaston Larose fut appelé à embaumer un mort dans les temps chauds d'une fin de juillet. Le voilà qui se met en chemin avec deux assistants, après avoir bu quelques bonnes rasades de cidre. Ils arrivent et on les enferme dans la chambre du mort. Il fait chaud, terriblement : ces messieurs se boucheraient le nez s'il n'avaient pris cette bonne rasade avant de partir. Mais rien ne les occupe plus maintenant que leur devoir. Monsieur le défunt qui sent un peu fort en cette triste circonstance est un gros bourgeois de deux cent cinquante livres environ, bedonnant au possible.

On se met à l'ouvrage. Il faut le bien arranger pour le conserver deux jours de plus, pour un voyage, son dernier avant celui du cimetière, jusqu'à la prochaine ville. Maître Larose prend une décision énergique. Pour le conserver ainsi il faut absolument dégonfler le gros bedon de Monsieur de son triste contenu. Voilà ! c'est terminé. Mais Maître Larose en étant énergique ne fut guère prévoyant. Il va falloir remplir le ventre de Monsieur et Maître Larose n'a rien pour ce faire. Il a beau chercher, regarder partout, il ne trouve rien ! Personne ne peut sortir de cette chambre, sans occasionner une irruption de parents qui leur tomberaient dessus en coups de bâton en voyant le pauvre mort si terriblement maigri, lui qui avait l'air si bien portant avec son bedon gonflé. Et Maître Larose, pas plus que ses assistants, n'est prêt à envisager une bastonnade, malgré leur bonne rasade d'avant le départ. Or, l'œil exercé de l'entrepreneur découvre dans le coin de la chambre une toute petite, toute mignonne barrique de bière, rebondie, bedonnante, et toute petite, toute mignonne. On frappe sur la barrique, elle est pleine. L'affaire est décidée. Nos trois tristes hommes débouchent la barrique et en boivent avec volupté le contenu. Cette opération terminée après une demi-heure, une autre commence. On regonfle le ventre de Monsieur avec la barrique toute mignonne et quelques morceaux de draps enlevés au lit, ce qui redonne à Monsieur son bon air de santé. La cérémonie achevée on se disperse.

Voilà pourquoi le bon gros Jean quand il est venu chez sa tante, femme du défunt, pour réclamer sa petite, toute petite, toute mignonne barrique bedonnante, emplie de bonne bière, qu'il avait laissée là pour qu'on la garde quelques jours parce qu'il allait acheter une maison nouvelle, voilà pourquoi le bon gros Jean eut beau chercher partout, il ne retrouva jamais sa gentille barrique. Car il n'eut jamais eu l'idée de la chercher où elle était : encore il l'eût trouvée vide.

de St-Denys Garneau,
Ce dimanche 25 mai 1930.

L'incorrigible

Plan

Petit homme qui attend son tramway ; il est impatient et pourtant de *bonne humeur*. Il a l'air content de lui-même. Il entre dans le tramway : (a) *description des visages,* (b) description de son état d'esprit : contentement de soi, confiance en sa bonne étoile, petit brin d'émotion.

Dans la salle où doit se donner l'audition de ses œuvres, le petit homme se démène à placer ses gens.

La séance commence. Le public n'est pas intéressé, murmure, sort.

Le poète se lève, va réprimander les déclamateurs qu'il blâme pour tout l'insuccès qui lui arrive.

Il regarde avec des airs courroucés les gens s'en aller, il prend sa femme par le bras et s'en va chez lui.

Madame adresse la parole à monsieur : « C'était joli ! » Mais monsieur ne répond pas ! Il a donné à sa lèvre un pli de dédain et son regard s'est fait froid. Soudain, il s'écrie : « Comme le public est bête ! Au Canada surtout ! ne comprendra-t-il jamais rien. » Et ainsi pleurant sur la sottise des autres, il revient chez lui aussi convaincu de sa mission de poète que s'il avait été applaudi. Heureux ceux chez qui les illusions sont si fortes qu'elles peuvent résister à tous les coups de la réalité.

Monsieur le président

Messieurs

Entrée en matière

« Voulez-vous une fable, une parabole ? »

Un moineau passablement sourd crut entendre chanter le rossignol. Il entendit aussi sa propre voix et, comparaison faite, jugea qu'elle n'était guère inférieure à celle du Rossignol. Ne voilà-t-il pas notre moineau qui, le soir, se tient éveillé pour chanter au bord des bois dans le silence des clairs de lune. Il veut faire jouir les autres de son organe, il s'égosille. Tout le monde des oiseaux s'enfuit bien vite dormir au loin. Pensez-vous que notre moineau se décourage, qu'il se rend à la réalité ? L'idée ne lui en vient seulement pas. Il continue de chanter extraordinairement, et se lamente sur la sottise des gens, sur ce qu'on ne sait pas apprécier les belles choses. Si vous passez par là jamais, vous l'entendrez sans aucun doute, exhaler ses poumons à tue-tête, ivre de se croire martyr incompris immolé à la Beauté.

Il est des gens comme cela qui portent des lunettes d'une couleur qu'ils aiment et réussissent aussi à se voir de cette couleur.

Il se passe parfois de lamentables histoires.

Soudain, le rideau tombe, les lunettes cassent : adieu les rêves ! La réalité toute crue, l'avenir béant et avide, et rien, rien, des mains vides ! Hier, c'est dans cette route que nous croyions avancer avec la chimère. Mais la chimère a fui, et le chemin n'est pas pour nous, il nous est impossible de le parcourir, et nous avons fermé les portes des autres voies. Le passé est perdu à rien et l'avenir est béant et avide.

Mais je ne vais pas vous parler de choses tristes, de pauvres malheureux désenchantés. Je vous dirai l'histoire d'un indésenchantable, d'un incorrigible.

Ceci n'est pas un conte imaginé ; c'est un petit drame auquel j'ai assisté.

L'Incorrigible

Au coin de la rue, sous la lumière, un petit homme gris attend son tramway.

C'est bien le plus gris et le plus petit des petits hommes gris. Cinquante ans peut-être, un corps chétif et gesticulant de cinq pieds ; sur cela un chapeau de feutre gris, un manteau gris, des pantalons gris, des gants gris.

Ce petit être uniforme est nerveux et préoccupé : il marche trois pas en sautillant, s'arrête, repart, tire sa montre, ne la regarde pas, la tire de nouveau, la regarde, s'arrête, frappe le trottoir de sa canne. Quelle impatience : il murmure entre ses dents son mécontentement au sujet du service de tramways. Il avance la tête, voit de loin arriver son tramway, que voici, il y saute. Le tramway est presque désert à cette heure ; le petit monsieur peut s'y accommoder à son aise. Il enfonce dans une banquette son petit corps fluet, renverse la tête, ferme à demi les yeux : béatitude !

Voyons, cinquante ans ? Il en paraît bien cinquante-cinq. Face maigre et blême, couleur d'eau brouillée. Les cheveux gris dépassent le chapeau par derrière, « à l'artiste ». Les yeux sont gris et sans éclat sous d'épais sourcils cendrés. Ah ! le petit homme ! jusqu'à son visage qui est tout gris ! Tête sans caractère, certes. Le front est entêté. De larges cernes brun foncé ne réussissent pas à faire ressortir deux yeux qui sourient sans finesse. Nez petit, bouche commune, non sans fatuité, menton qui n'a rien de remarquable.

Mais tout cela, tout ce petit bonhomme gris assis nonchalamment a l'air content de soi. Ah ! ce petit sourire fat au coin droit de la bouche légèrement entrouverte, il est vraiment insupportable.

Cela se comprend. Pendant que le tramway file son train, le petit homme fait des rêves de gloire avec une assurance inébranlable.

Il revoyait tous ses travaux, toutes ses peines, toutes ses misères ; tant de jours, tant de nuits passés à aligner des strophes qui ne venaient pas toutes seules ; il voyait tous ses espoirs, toutes ses attentes, tout ce qu'il avait dû sacrifier de temps et de santé pour faire ces vers qu'on lirait ce soir-là en public. Car il était poète : d'autres en avaient douté, mais lui, jamais ! Il était marqué du signe céleste pour un des privilégiés qui savent parler la langue des dieux. Oui pardi ! Il l'était, poète ! Et il se récitait mentalement quelques-unes des strophes composées avec tant de labeur et qu'il aimait tant. Oui ! Et ce critique qui avait malmené les vers qu'il lui avait donnés à approuver, il aurait son compte, ce soir-là. Le petit bonhomme lui avait composé un poème mordant qui le confondrait. Et le public rirait du critique !

En pensant à cela, il regarda sa montre ; sept heures et la séance commençait à huit heures et demie : il serait là d'avance, verrait à ce que tout soit bien, car c'était ce soir-là qu'il donnait la première audition de ses œuvres.

Ses sourcils épais se froissaient de temps à autre car il en avait bien quelque souci, le petit bonhomme, quelqu'inquiétude ; c'est toujours ainsi quand on sent que son sort va être décidé dans quelques instants par le public. Si le public n'aimait pas ses vers ! C'est qu'il serait bien sot, bien borné. Mais non : c'était impossible, car il avait de si beaux poèmes ! Et le petit sourire satisfait défroissait les sourcils et venait reprendre sa place au coin droit de la bouche du petit bonhomme.

Il recommençait à rêver de ses vers. C'est qu'il avait ses idées personnelles sur la poésie. Mallarmé, Claudel : des sots qui écrivaient des choses qu'ils ne comprenaient pas eux-mêmes ; qui n'avaient pas de pensée et tâchaient d'en montrer en disant des insipidités dépourvues de sens. C'est à leur intention, et il l'avait marqué en toutes lettres dans le programme, qu'il avait écrit cette petite pièce satirique intitulée : « Le sonnet expliqué ! » Une idée à lui. Et fine, quand on y pense !

La foule est dense : aussi se fait-il pitoyablement malmener, le petit homme distrait en habit de soirée qui donne dans la foule tête baissée et ne réussit pourtant pas beaucoup à avancer. Il est si léger, si grêle, le petit homme, qu'il ne touche qu'à peine à terre : la foule l'emporte. Il a l'air inquiet mais ne se décourage pas. Il regarde souvent sa montre. Sept heures, sept heures et deux, et trois, et cinq ! Et le petit bonhomme se démène, coudoie la foule qui tourbillonne et s'avance petit à petit sous la lumière diffuse éblouissante de la rue.

Le petit homme a l'air inquiet, un peu mal à son aise dans son habit de soirée. Son regard court nerveusement d'un objet à l'autre, ses mains ne savent où se placer. Son front se ride, se déride, sa bouche sourit et s'aigrit, ses sourcils s'agitent, ses gros sourcils gris broussailleux ; une perpétuelle grimace tantôt gaie, tantôt triste, pleine d'incertitude et d'interrogation.

Il est décidément intrigant ce petit bonhomme. Sa tête est plutôt petite, le front bombé, des yeux un peu affolés qui semblent demander : « Où est-ce que je m'en vais donc ? » Le nez est plat, la bouche plutôt triste dans les coins. Le menton est arrondi, délicatement, un peu féminin. L'ensemble de ce petit homme a quelque chose...

– La salle pas encore à moitié pleine ! Et cela doit commencer dans quinze minutes !

Le petit homme gris se démenait comme un possédé ; il s'épongeait le front avec son mouchoir de soie, il voulait paraître calme.

– C'est vrai que les gens n'arrivent guère un quart d'heure avant la représentation. Mais pourtant !

Et il allait serrer la main aux arrivants, exhibait le programme, parlait beaucoup, souvent à personne, et courait de droite et de gauche, pimpant, aimable, souriant, allègre, sautillant, une vraie mouche.

– Vous savez, deux jours pour préparer ce programme.

– Il est épatant.

– Croyez-vous ?

– Je vous le dis.

– Nous avons travaillé. Mon Dieu ! Pensez-vous, deux jours pour un programme pareil !

– Cela se comprend, mais c'est réussi ! Et vos vers imprimés dedans !

– C'est peu.

– Mais non ! c'est tout.

– Tiens ! je vais aller vous placer moi-même.

Puis pour les déclamateurs les recommandations pleuvaient.

– Vous, faites aussi bien qu'à la dernière séance préparatoire. Ce geste que j'ai corrigé, ne l'oubliez pas.

Et pour un autre, c'était autre chose.

Les premiers arrivés attendaient depuis trois quarts d'heure quand le président prit la parole pour présenter le poète.

Puis le petit bonhomme gris lui-même lit la première pièce du programme, cette fameuse épigramme contre le critique malotru. On rit un peu moins qu'il n'espérait ; dans le fond on murmure. Son esprit était-il trop subtil pour l'auditoire ? Enfin, si on n'appréciait pas cette pièce, on aimerait mieux les autres. En outre, c'était la première : on accueille rarement avec faveur une première pièce, le public est tellement « snob » !

Mais le petit homme se trompait. À chaque morceau, l'auditoire devenait moins attentif, plus moqueur. On riait à un poème tragique et l'on ne riait pas à celui-là qui était comique.

Dans une saynète les acteurs oublièrent deux vers et le petit bonhomme se récria, et demanda qu'ils retournent en arrière pour les chercher.

La salle se vidait à vue d'œil et le murmure était continuel. Au beau milieu de la séance le poète se leva, sortit de la salle et alla trouver les déclamateurs.

– En voilà de belles ! Vous gâchez tout ! Louis, ces deux vers, vous les saviez pourtant à la dernière répétition. Qu'est-ce qui vous a pris de les passer ? Ne les trouviez-vous pas beaux ?

– Ce n'est...

– Et vous, ce geste que je vous ai dit, vous l'avez raté ! et vous parliez comme on dit de la prose. Mais ce sont des vers, des vers que vous disiez. Ne réalisez-vous pas que c'est ma réputation que vous déchirez : c'est intolérable. Vous estropiez mes vers, c'est criminel !

Pour le coup, le sourire satisfait au coin droit de la bouche du petit bonhomme a disparu et ses sourcils épais se froissent terriblement. Mais pas un instant il n'a perdu sa confiance en soi. De long en large il arpente fébrilement et parle tout haut.

– C'est-il possible, tout gâcher, tout gâcher. Et le public s'occupe trop de la forme, aussi. S'il prenait garde aux vers eux-mêmes, ce ne serait pas la même chose.

Et il recommence ses invectives.

– N'avez-vous pas d'honneur ? Vous y mettez de la mauvaise volonté, enfin ! Ah ! vous ne savez pas ce que vous me faites ! vous ne savez pas !

À travers les coulisses, l'air courroucé, il regarde les gens s'en aller.

Dans le tramway, la grosse madame adresse la parole au petit monsieur :

– C'était joli !

Silence, le petit monsieur ne répond pas. Il a froncé les sourcils et donné à sa lèvre un pli de dédain. Son regard s'est fait impassiblement froid. Il s'écrie soudain avec passion terriblement :

– Le public, ah ! bête, bête, bête ! Terre à terre, borné, vil. Au Canada surtout. Que pouvons-nous faire, nous, les intellectuels ?

Et il s'absorbe de nouveau dans son mutisme hautain. Ainsi, le petit homme gris est revenu chez lui, toujours content et sûr de soi mais désabusé des autres. Il fait encore avec enthousiasme des vers insipides. La mort le surprendra dans son péché.

Le petit homme gris

Devant sa librairie, en plein sous le rayon d'une lumière électrique, le petit homme attendait son tramway. On pouvait voir au cerne large et foncé entourant ses yeux qu'il avait dû soutenir de longues veilles. Et pourtant il paraissait alerte ce soir-là et semblait dire : « C'est maintenant que je vais leur montrer cela ! » En un mot, il avait l'air satisfait de lui-même, le petit homme chétif d'une cinquantaine d'années qui attendait son tramway au coin de la rue X et Amherst. Le tramway était presque désert à cette heure. Il put s'y accommoder à son aise. Il enfonça dans une banquette son petit corps fluet, renversa sa tête un peu en arrière.

C'était une petite face blême, couleur d'eau brouillée, d'un gris vert, avec des cheveux gris dépassant le chapeau abaissé sur des yeux gris sous d'épais sourcils cendrés ; ce que l'on peut voir de plus gris comme ensemble. En effet cette tête n'avait pas grand caractère ; les yeux souriaient à ce moment mais sans finesse, le nez était petit, la bouche commune, non sans fatuité et le menton n'avait rien de remarquable.

Mais tout cela, tout ce petit bonhomme assis nonchalamment avait l'air content de soi. Et ce n'était pas pour rien. Car pendant que le tramway filait son train, le petit bonhomme faisait des rêves de gloire. Il revoyait tous ses travaux, toutes ses peines, toutes ses misères ; tant de jours, tant de nuits passés à aligner des strophes qui ne venaient pas toutes seules ; il voyait tous ses espoirs, toutes ses attentes, tout ce qu'il avait dû sacrifier de temps et de santé pour faire ces vers qu'on lirait ce soir-là en public. Car il était poète : d'autres en avaient douté, mais lui, jamais ! Il était marqué du signe céleste pour un des privilégiés qui savent parler la langue des dieux. Oui pardi ! Il l'était poète ! Et il se récitait mentalement quelques-unes des strophes composées avec tant de labeur et qu'il aimait tant. Oui ! Et ce critique qui avait malmené les vers qu'il lui avait donné à approuver, il aurait son compte, ce soir-là. Le petit bonhomme lui avait composé un poème mordant qui le confondrait. Et le public rirait du critique !

En pensant à cela, il regarda sa montre ; sept heures et la séance commençait à huit heures et demie : il serait là d'avance, verrait à ce que tout soit bien, car c'était ce soir-là qu'il donnait la première audition de ses œuvres.

Ses sourcils épais se froissaient de temps à autre car il en avait bien quelque souci, le petit bonhomme, quelque inquiétude ; c'est toujours ainsi quand on sent que son sort va être décidé dans quelques instants par le public. Si le public n'aimait pas ses vers ! C'est qu'il serait bien sot, bien borné. Mais non : c'était impossible, car il avait de si beaux poèmes ! Et le petit sourire satisfait défroissait les sourcils et venait reprendre sa place au coin droit de la bouche du petit bonhomme.

Il recommençait à rêver de ses vers. C'est qu'il avait ses idées personnelles sur la poésie. Mallarmé, Claudel : des sots qui écrivaient des choses qu'ils ne comprenaient pas eux-mêmes, qui n'avaient pas de pensée et tâchaient d'en montrer en disant des insipidités dépourvues de sens. C'est à leur intention, et il l'avait marqué en toutes lettres dans le programme, qu'il avait écrit cette petite pièce satirique intitulée : « Le sonnet expliqué ! » Une idée à lui ! Et fine, quand on y pense !

La foule est dense : aussi se fait-il pitoyablement malmener, le petit homme distrait en habit de soirée qui donne dans la foule tête baissée et ne réussit pourtant pas beaucoup à avancer. Il est si léger, si grêle, le petit homme, qu'il ne touche qu'à peine à terre ; la foule l'emporte. Il a l'air inquiet mais ne se décourage pas. Il regarde souvent sa montre. Sept heures, sept heures et deux, et trois, et cinq ! Et le petit bonhomme se démène, coudoie la foule qui tourbillonne et s'avance petit à petit, sous la lumière diffuse, éblouissante de la rue.

Le petit homme a l'air inquiet, un peu mal à son aise dans son habit de soirée. Son regard court nerveusement d'un objet à l'autre, ses mains ne savent où se placer. Son front se ride, se déride, sa bouche sourit et s'aigrit, ses sourcils s'agitent, ses gros sourcils gris broussailleux ; une perpétuelle grimace tantôt gaie, tantôt triste, pleine d'incertitude et d'interrogation.

Il est décidément intrigant ce petit bonhomme. Sa tête est plutôt petite, le front bombé, des yeux un peu affolés qui semblent demander : « Où est-ce que je m'en vais donc ? » Le nez est plat, la bouche plutôt triste dans les coins. Le menton est arrondi, délicatement, un peu féminin. L'ensemble de ce petit homme a quelque chose .....

– La salle pas encore à moitié pleine ! Et cela doit commencer dans quinze minutes !

Le petit homme gris se démenait comme un possédé ; il s'épongeait le front avec son mouchoir de soie, il voulait paraître calme.

– C'est vrai que les gens n'arrivent guère un quart d'heure avant la représentation. Mais pourtant !

Et il allait serrer la main aux arrivants, exhibait le programme, parlait beaucoup, souvent à personne, et courait de droite et de gauche, pimpant, aimable, souriant, allègre, sautillant, une vraie mouche.

– Vous savez, deux jours pour préparer ce programme !

– Il est épatant.

– Croyez-vous ?

– Je vous le dis.

– Nous avons travaillé. Mon Dieu ! Pensez-vous, deux jours pour un programme pareil !

– Cela se comprend, mais c'est réussi ! Et vos vers imprimés dedans !

– C'est peu.

– Mais non ! c'est tout.

– Tiens ! je vais aller vous placer moi-même.

Puis pour les déclamateurs les recommandations pleuvaient.

– Vous, faites aussi bien qu'à la dernière séance préparatoire. Ce geste que j'ai corrigé, ne l'oubliez pas.

Et pour un autre, c'était autre chose.

Les premiers arrivés attendaient depuis trois quarts d'heure quand le président prit la parole pour présenter le Poète.

Puis le petit bonhomme gris lui-même lit la première pièce du programme, cette fameuse épigramme contre le critique malotru.

On rit un peu moins qu'il n'espérait ; dans le fond on murmure. Son esprit était-il trop subtil pour l'auditoire ? Enfin, si on n'appréciait pas cette pièce, on aimerait mieux les autres. En outre, c'était la première ; on accueille rarement avec faveur une première pièce, le public est tellement « snob » !

Mais le petit homme se trompait. À chaque morceau, l'auditoire devenait moins attentif, plus moqueur. On riait à un poème tragique et l'on ne riait pas à celui-là qui était comique.

Dans une saynète les acteurs oublièrent deux vers et le petit bonhomme se récria, et demanda qu'ils retournent en arrière pour les chercher.

La salle se vidait à vue d'œil et le murmure était continuel. Au beau milieu de la séance le poète se leva, sortit de la salle et alla trouver les déclamateurs.

– En voilà des belles : vous gâchez tout ! Louis, ces deux vers, vous les saviez pourtant à la dernière répétition. Qu'est-ce qui vous a pris de les passer ? Ne les trouviez-vous pas beaux ?

– Ce n'est...

– Et vous, ce geste que je vous ai dit, vous l'avez raté et vous parliez comme on dit de la prose. Mais ce sont des vers, des vers que vous disiez. Ne réalisez-vous pas que c'est ma réputation que vous déchirez, que c'est sur vous que je comptais et que vous ne faites que des gaffes. C'est intolérable. Vous estropiez mes vers.

C'est pour le coup que le sourire satisfait au coin droit de la bouche du petit bonhomme avait disparu et que ses sourcils épais se fronçaient à faire peur. De long en large il arpentait fébrilement et parlait tout haut.

– Mais vraiment, ce ne sont pas mes vers ? Si c'étaient mes vers ? qu'on n'aime pas ! Mais non, c'est impossible, c'est la façon de les dire !

Et il recommençait ses vociférations :

– N'avez-vous pas d'honneur ? Vous y mettez de la mauvaise volonté, enfin. Ah ! vous ne savez pas ce que vous me faites ! vous ne savez pas !

Soudain il s'arrêta : deux hommes parlaient non loin de lui. Ils parlaient de ses vers.

– Ce ne sont pas des vers ! Pas de facture, pas de pensée, rien ! Des réminiscences de lectures collées les unes aux autres, sans suite, pas d'harmonie. Rien, rien ! C'est idiot !

– Certes, il n'y a pas la moindre parcelle de poésie là-dedans ; c'est de la sottise, une toquade.

Le petit bonhomme était devenu plus pâle et l'on eût dit plus frêle.

– Pas des vers, cela ? Et si c'était vrai !

Il allongea le cou, ses yeux cherchèrent celui qui avait dit cela.

– Ah ! Le grand critique X !

Et il se sauva épouvanté.

La séance terminée l'auditoire se dissipa au vent et chacun s'en alla bredouille et mécontent vers sa demeure. « Un fiasco ! » Le mot était dans toutes les bouches.

Dans un tramway, un petit homme frêle, et grelottant malgré la douceur de la température, était affaissé sur une banquette. Ses yeux étaient hagards dans sa face blême ; il avait compris ; il avait douté et tout était tombé, tout ce rêve d'une vie dans un instant par le prestige d'une parole du critique éminent, X. Et dans sa tête endolorie le petit homme frêle voyait repasser tout ce labeur, tous ces jours, toutes ces nuits blanches, tous ces sacrifices de temps et de santé pour quelque chose qui avait sombré ce soir-là qu'il avait attendu avec tant d'impatience.

Et le petit homme frêle sanglote tout le reste de la nuit au bord de son lit.

C'est pourquoi on ne voit jamais rire monsieur Marchand le vieux libraire.

Voici une histoire

André : jeune homme timide, mélancolique, poétique, un peu féminin.

Jacqueline : impérieuse, sarcastique, mais cultivée, tendre, assez délicate, pourtant égoïste.

André rencontre une jeune fille dans une danse, dans une place de villégiature. S'en éprend, va la reconduire. La demande pour une promenade en canot, le lendemain. En canot, déchire son pantalon ; tout le monde le regarde et rit ce qui cause une mauvaise impression sur Jacqueline. L'invite pour une danse. A mal à la tête, ce soir-là, ne parle pas beaucoup. L'emmène sur le bord de l'eau. Une épinette lui chatouille le dos ; il ne reste pas en place. Comme il arrive pour embrasser J., il éclate d'un violent éclat de toux, ce qui dégoûte J. de son baiser. Comme il fait sa déclaration une mouche lui chatouille le cou et il éclate de rire. J. n'est pas charmée. Elle demande de s'en retourner. Une abeille le pique et il se met à sauter ; il est trop timide pour avouer la cause de sa danse désordonnée. En traversant le petit pont il trébuche sur une branche et entraîne J. dans le ruisseau. Elle le quitte froidement et ne veut plus sortir avec lui.

Morale : Les petits événements peuvent causer de grandes catastrophes.

Voici une histoire qui, malgré son aspect joyeux, est des plus lamentables. Si l'on rit en la lisant, on pourra pourtant pleurer après l'avoir lue.

André Laporte descendit du local qui venait de s'arrêter à la station du lac X... Sa montre marquait huit heures. Il prit son porte-manteau et s'achemina vers le vieil « autobus » qui devait le porter jusqu'à l'hôtel. Il croyait avoir le loisir de s'assoupir mais il décida bientôt que tout ce qui résulterait de ce voyage trop agité serait un terrible appétit. Il se rendit au bout du banc et tâcha tant bien que mal de se préserver des trop grandes secousses.

C'est là que nous l'avons pu regarder à notre aise. C'est un grand jeune homme, mince. Sa figure délicate, ses cheveux blonds que le vent froisse, car il tient son chapeau sur ses genoux, son nez mince, ses yeux rêveurs, d'un gris de perle, son attitude, sa voix, tout en lui

27/44

révèle un tempérament un peu féminin, enclin à la rêvasserie.

Comment pouvait-on avoir imaginé pour cet être féminin un nom si robuste et dont la signification est si virile, le nom « André ». Car, mesdames et messieurs, vous savez qu'André vient très directement du grec *Andros*, qui veut dire homme. Nous supposons donc que les parents n'attendaient guère ce caractère chez leur fils. Mais quittons le nom pour revenir au personnage.

Il regarde avec intérêt, puis fixe le vide, questionne le conducteur. Il est curieux.

Mais voilà que la voiture sort du bois, et tout près le beau lac s'offre aux regards, frappé dans les splendeurs du soleil couchant.

Alors il s'exclama, se pencha, regarda de tous ses yeux, faillit dans sa joie embrasser le bambin qui était à côté de lui, et qui avait les yeux dilatés par l'étonnement et la crainte, puis il redevint d'un calme soucieux et laissa errer son regard mélancolique sur le paysage.

Le spectacle est en effet ravissant. Du chemin des champs verts descendent doucement vers le lac et s'atténuent dans le jour qui finit. Des maisons coquettes font tache parmi des arbres. Puis le lac étend une image miroitante du ciel embrasé, jusqu'aux pieds des montagnes qui l'enserrent et qui sont mauves dans le soir naissant.

En outre la tranquillité, le silence à peine rompu par l'aboiement de l'affreux chien jaune à la barrière voisine, cette douceur de la campagne, la pureté de l'air, contrastant avec le bruit et l'air vicié de la ville à peine quittée, vous imaginez-vous tout ce que cela peut produire sur le caractère que nous connaissons au voyageur qui est balloté dans l'autobus de l'hôtel. Pour ma part, je présume que cela peut le mettre dans les pires dispositions possibles pour être atteint d'un rhume de cœur à la première imprudence commise.

Vous comprenez aussi que la voiture ayant tourné pour descendre l'allée, s'était arrêtée devant le perron à l'hôtel sans que seulement l'idée fût venue à monsieur Laporte de descendre, de sorte que le chauffeur l'avertit poliment qu'il était rendu à destination et ne ferait pas mal de descendre à moins qu'il ne voulût passer la nuit sur le banc assez peu confortable où il était assis.

Ceci ramena quelque peu notre voyageur dans le domaine de la réalité. Il sauta lestement à bas du véhicule et s'alla louer une chambre après avoir soupé gloutonnement et rêvé en regardant par sa fenêtre, à travers la fumée d'une cigarette. Monsieur Laporte se laissa enfin aller dans les bras d'Orphée [*sic*], et nous présumons qu'il rêva de la Belle au bois dormant.

Nous retrouvons notre héros, le lendemain soir, à la salle de danse. Serions-nous étonnés de le voir causer avec une jeune fille ? Peut-être pas. Mais il faut que je vous raconte comment il l'a rencontrée. Monsieur Laporte était au bas de l'escalier et fumait une cigarette. J'aime autant vous en avertir, monsieur Laporte fumera probablement beaucoup de cigarettes durant ce récit ; ne vous en étonnez pas : c'est une habitude chez lui.

Monsieur Laporte fumait donc au bas de l'escalier. Il entendit soudain un petit cri derrière lui, et se retourna pour recevoir dans les bras une jeune fille qui faisait usage du parfum « Faites-moi rêver », et qui pour sembler tomber du ciel ne venait pas moins de l'escalier seulement. Le parfum enivrant fit son effet de sorte que, inconsciemment et sans aucune intention mauvaise, monsieur Laporte serra la jeune fille dans ses bras un instant avant de la remettre sur pied. Mademoiselle, de son côté, se laissa aller à cette étreinte avec passablement de langueur. Quand elle fut en état de se tenir debout toute seule, elle s'excusa avec grâce, demanda anxieusement si elle n'avait pas fait mal à monsieur en tombant ainsi, ce à quoi monsieur répondit qu'au contraire il avait été charmé et que c'était bien la plus délicieuse chose du monde que de recevoir une jeune fille dans ses bras, etc. C'est ainsi que se lia la conversation.

Cette façon de se rencontrer, pour être étrange, n'en est pas moins émouvante pour des âmes poétiques le moindrement. Jacqueline, c'est son nom, danse donc ce soir avec monsieur Laporte. Elle est gentille et lui charmant. L'esprit du jeune homme est parfois subtil mais Jacqueline rit cependant, même alors qu'elle ne comprend pas tout à fait.

La soirée est agréable s'il en fut et monsieur Laporte parle de beaucoup à assez, de assez peu, puis de moins en moins. C'est, vous le savez, mauvais signe. Quand on perd l'esprit, c'est souvent que l'on perd d'autre chose.

Dans l'allée sombre, avec douceur couverte de grands arbres noirs, André et Jacqueline passent lentement. André répond à peine à sa compagne. Mais en revanche il la regarde beaucoup et s'en rapproche autant que possible. Oh ! ce parfum ! *Faites-moi rêver !*

À la porte de sa demeure, Jacqueline tend la main au jeune homme. Il avait ouvert la bouche pour parler, mais il la referme pour un moment encore. Enfin la voix lui revient, profonde et timide :

– Je tiendrais fort à faire du canotage. Êtes-vous livre, demain, Jacqueline ?

– Certainement à deux heures, comme cela. Soyez à temps. Merci et adieu !

Elle s'est enfuie leste et joyeuse, et André, d'un pas lent, s'en revient en rêvant d'une bacchante nocturne aux cheveux noirs et aux yeux profonds qui danse une danse fuyante au clair de lune. Oh ! mais ce soir il ne fait pas de clair de lune ! C'est dommage.

Le canotage est un sport des plus aimables. Pourtant, dans son impatience André pense qu'on s'y trouve trop éloigné de son interlocuteur, surtout quand c'est une interlocutrice. Il fait un soleil resplendissant, trop resplendissant ; il donne mal à la tête de monsieur Laporte qui est silencieux et attentif.

– « Elle est jolie, non, belle ! Ce teint doré, il est grisant ! et ces yeux, ces yeux et ces cheveux, noirs et soyeux, ce cou flexible, cette taille, mon Dieu, le bras doit y être à l'aise, et cette jambe bien moulée avec le genou délicat, (mais je vais devenir indiscret) est-il rien de plus aimable, de plus enchantant, de plus charmant, de plus poétique, enfin ! » Voilà ce que pense monsieur Laporte pendant que son aviron fait distraitement revoler l'eau en s'y enfonçant d'une façon peu experte.

Monsieur Laporte cherche quelque chose à dire car il a la désagréable impression de peu intéresser sa compagne.

– Aimez-vous à parler, Jacqueline ?

– Oui, vous ?

– Je trouve que le silence est une chose qui se rapproche beaucoup de l'infini. Que le silence est très beau.

– C'est beau si vous voulez, mais au fond, c'est absurde. Ne rien dire, qu'est-ce qu'il y a de joli là-dedans ?

Elle rit de ce rire argentin qui le trouble.

Bon, ça y est, c'est absurde, absurde : il est absurde ! Mais qu'est-ce qu'il va lui dire ? Il a bien mal à la tête, le pauvre. Damné soleil !

Ils s'en reviennent. Ils ont remis le canot sur la grève.

Le soleil fait toute dorée l'allée si sombre hier au soir. Mais le soleil ne rend pas la gaieté à monsieur Laporte. Pourtant, il espère encore. Résolument, après un profond, très profond et très long soupir, il prend la parole en ces termes :

– Jacqueline, je crains beaucoup de vous être ennuyeux au possible !

Et Jacqueline de répondre :

– Pas le moindrement, André, pas le moindrement.

Est-elle sincère ?

– Me permettriez-vous de vous emmener à la danse, ce soir ?

– Non, pas ce soir, demain soir, si cela vous convient.

– C'est long pour moi, demain !

– Ne dites pas de ces sottises ; vous savez que je n'aime pas cela. Voulez-vous pour demain ?

Elle est devenue câline, la chatte ; tiens, demain elle n'aurait pas de chance pour s'engager. Faut bien prendre celle-ci.

– Oh, certes ! Je viendrai vous chercher vers huit heures et demie.

– Et prenez un peu de café, auparavant, pour vous mettre de bonne humeur. Au revoir !

Il relève la tête : elle n'est plus là. La porte a claqué, un peu vivement. Demain !

Qu'est-ce que monsieur Laporte a ce soir ? Il a la tête haute, le regard dur, les sourcils froncés ; au lieu de cette allure lente et rêveuse qui lui est habituelle, il marche comme un ouragan, vite, droit devant lui, brusquement comme un homme qui a pris une terrible et extrême résolution. Monsieur Laporte est soucieux ce soir. C'est qu'en effet, il s'est décidé à tout gagner ou à tout perdre, ce soir. Rien n'arrêtera monsieur Laporte : il a décidé.

Et voilà pourquoi monsieur Laporte est à la porte de chez Jacqueline, un peu fiévreux mais le regard impassible.

Jacqueline a ouvert la porte et se tient appuyée dans l'embrasure. Tiens, Jacqueline a mis ce soir sa robe de chiffon bleu avec son épinglette d'or en forme de croissant. Cela lui va bien, vraiment, très bien. Ses cheveux noirs sur ce bleu chatoyant font bel effet.

– Bonsoir André. À la minute, ce soir ; c'est admirable.

– Bonsoir Jacqueline. Êtes-vous prête ?

– Pas tout à fait ; dans un moment.

– Dépêchez-vous.

Le ton était un peu froid et Jacqueline qui s'en allait, revint sur ses pas.

– Qu'avez-vous ce soir, André ? Vous n'êtes pas comme d'habitude. Je gage que vous n'avez pas pris votre café avant de partir, comme je vous l'avais recommandé hier. Non ! je crois que je devine. Il vous manque une cigarette pour la minute présente. Voulez-vous une de celles-ci ? Non ? Vous n'êtes pas comme d'habitude !

André Laporte, en effet, n'était pas comme d'habitude et tous ceux qui l'avaient vu avaient dû s'en rendre compte. Lui naturellement si lent, si distrait, si rêveur, qui ne semblait qu'à peine toucher la terre de ses pieds, lui, André Laporte, était descendu de sa chambre en faisant branler l'escalier de bois peint en vert. Il avait marché fort, mangé vite et peu, fumé beaucoup. Et dans son empressement avait renversé un verre d'eau. Cela l'avait fâché tout rouge, chose qu'on n'avait jamais vue avant. Il se tenait la tête haute, serrait les dents, fronçait les sourcils terriblement et regardait fixement avec un regard foudroyant dont on ne l'aurait jamais cru capable. Et ce qui est le plus étonnant, c'est qu'il avait gardé cet aspect redoutable même en montant l'allée qui conduit chez Jacqueline. Il avait marché tout droit, tout droit, sans rêvasser, l'attitude toujours implacablement roide. Cet air intrépide et décidé avait étonné bien des gens et l'on disait qu'il avait dû prendre quelque extrême résolution. Et pour cela on ne se trompait guère, Monsieur Laporte avait pris une résolution extrême, ce qui, en soi, était de nature à inquiéter de sa part.

Mais pendant que nous revoyons ces événements, Jacqueline était revenue, toute prête pour la danse. Et je ne dis pas qu'en la voyant lui sourire de cette délicieuse façon en entrant dans la chambre, André n'avait pas perdu comme par enchantement un peu de sa roideur.

Et puis, je vous dirai qu'après avoir dansé quelque temps avec sa charmante partenaire, il l'avait eprdue presque complètement, de sorte qu'il était redevenu le plus langoureux des amoureux et le plus malheureux des langoureux. Et vous croyez qu'il avait abandonné sa résolution ? Vous ne connaissez pas monsieur Laporte. Sauf le temps, rien ne peut le faire démordre d'une résolution prise. Voilà un peu la cause pour laquelle il demanda à Jacqueline de sortir, respirer un peu d'air frais. Je dis un peu, car même sans cette raison, je ne jurerais pas que la langueur de la valse lente n'aurait pas suffi à provoquer cette promenade au bord du lac.

Les déboires d'un vendeur d'automobiles

– Tiens ! Il me semble que quelqu'un d'ici voulait acheter une automobile !

Je passais à travers le village de X, assez considérable, et je résolus de m'y arrêter pour trouver mon homme. Car, je m'en souvenais soudain, George m'avait dit qu'un homme d'ici voulait acheter une automobile ; je ne suis pas de trempe à manquer une occasion.

Mon homme : que voulez-vous que je dise d'autre ? C'était bien le seul nom que je pouvais lui donner dans la circonstance ; et comme épithète, « acheteur ». Qu'il fût grand ou petit, gras ou maigre, blond ou roux, qu'il restât devant l'hôtel de ville ou derrière l'église, c'est ce que j'ignorais. Mais comme j'étais curieux je voulais savoir autant que possible tout cela et c'est pourquoi je m'arrêtai à une boutique malpropre sur laquelle une affiche annonçait : « Salle de billard ». C'était dimanche après-midi ; la salle devait être bien fournie, j'avais une chance de rencontrer là « mon homme » ; j'entrai.

Parmi la fumée épaisse à l'odeur âcre du tabac canadien, une trentaine d'hommes jouaient au billard et sacraient à tour de bras, ayant auparavant retroussé leurs manches.

– Ce ne serait pas celui-là ? Si j'avais été une femme j'aurais certes cru à une intuition. Mais comme je ne suis pas tout à fait une femme, je ne crus rien et je m'avançai tout simplement vers un bon petit gros bourgeois à moitié dépourvu de ses cheveux carotte et qui sentait la mauvaise bière.

– Pardon, monsieur. Vous ne connaissez pas par hasard un monsieur d'ici qui veut acheter une automobile ?

– Ben... non ; ben... j'sais pas ; ben... p't'ête ben... ; ben... Jo viens donc ici une minute. Tu sais pas s'y a un homme qui veut acheter un char ?

– J'cré que j'l'ignore pas tout à faitte !

Un vent aigre soufflait sans parvenir à balayer le ciel de cette grisaille monotone qu'on eût dite immobile, tendue entre tous les horizons. Le collet relevé, les mains dans les poches, deux hommes se promenaient au bord du petit lac de Ste-Adèle.

Le pianiste Louis Bertrand était de taille moyenne ; un peu gauche dans sa démarche, il paraissait plutôt frêle. Sa figure, d'un teint maladif, était forte de traits, front large, inégal, yeux très grands auxquels de larges cernes bruns donnaient plus encore de profondeur, lèvres épaisses, passionnées, menton fort. Une mélancolie douce émanait de cette physionomie, et ses yeux reflétaient des flammes profondes.

La pipe au bec, la tête légèrement renversée, les yeux entrouverts seulement, Jean Simon marchait avec cette assurance souple que donne l'habitude des bois et des campagnes. Plutôt grand, sec et nerveux, on lui devinait des muscles durs. Ses traits étaient petits, distingués, dans une figure presque décharnée. Le front haut, était tourmenté. Les yeux, brun foncé, étaient brillants, à certains moments surtout, enfoncés au ras de sourcils noirs. Le nez fin aux narines sensuelles, avait quelque chose d'aristocratique. En correspondance avec le front et les yeux, la bouche avait dans son amertume, quelque chose de tourmenté. La lèvre supérieure mince indiquait de la hauteur et l'autre, plus épaisse, un peu lâche correspondait à la sensualité des narines. La fermeté du menton, plutôt petit mais avancé, donnait à la figure une teinte d'énergie nerveuse et emportée. Figure intéressante, en somme, qui eût frisé la féminité par sa petitesse fine, sans cette dureté, ce défini un peu anguleux des traits. Cette physionomie mobile conservait à travers tous ses aspects, dans son morne et dans son enthousiasme, une atmosphère générale d'avidité morbide, qui transparaissait dans l'éclat des yeux, et dont la bouche déçue était comme un effet.

Louis Bertrand et Jean Simon s'étaient connus au collège. Leur goût commun pour l'art les avait fait se lier d'une amitié, plutôt intellectuelle, mais solide.

Ils marchaient, ce jour-là, en silence, comme d'habitude un peu séparés, comme sont les hommes quand ce n'est pas le cœur qui les unit profondément. Bertrand avait l'air absent, occupé ailleurs.

Simon, un peu soucieux, laissait errer un regard aigu, mais ne semblait qu'à moitié occupé de ce qu'il voyait. Chacun était renfermé en soi-même ; cela se voyait à leur conversation où il y avait peu de reparties ; c'étaient presque des soliloques assez prolongés suivis de longs silences.

Après que tous deux se fussent arrêtés pour écouter, Simon ouvrit la bouche pour parler. Mais Bertrand le devança. Évidemment, la même chose les avait frappés.

– Tiens, la glace craque. Avez-vous jamais prêté attention à ce bruit-là ?

– Oui, c'est charmant... oui, plusieurs fois, et celle-ci entre autres que je me rappelle tout à coup comme si c'était hier. J'étais allé à la campagne me reposer et peindre un peu quelques aspects d'une région que j'aimais et que je voulais connaître sous l'hiver. J'habitais chez un couple de bonnes gens, à Ste-Catherine. À vrai dire, la température avait été peu favorable à mes projets de peinture. J'étais à peine arrivé depuis quelques jours quand une pluie abondante se mit à tomber presque continuellement, quoique nous fussions en plein cœur de janvier. Vers le seize, le temps se claira, et nous eûmes un beau froid sec. La nature cependant avait changé, les champs étaient aux trois quarts dénués de neige. Après une partie de cartes chez un habitant du voisinage, je revenais me coucher. La pureté du clair de lune me tenta, et je décidai de marcher quelques moments avant de me mettre au lit. J'entrai me vêtir un peu plus chaudement et je dirigeai mes pas vers une butte à laquelle aboutissaient souvent mes promenades solitaires. De là, j'avais sous les yeux l'immense vallée où coule la rivière Jacques-Cartier, et je voyais tout autour les horizons se fermer au loin par les montagnes, premiers contreforts des Laurentides. Ce soir-là, le ciel était merveilleusement pur, partant d'un bleu profond au zénith pour aboutir à une consistance un peu laiteuse au ras des montagnes. Un croissant de lune luisait d'un rare éclat ; les étoiles étaient rares mais belles. Il faisait un de ces silences qu'on ne trouve qu'en hiver, silences qui ont comme une consistance, qui semblent solides, et où, plus que jamais ailleurs, le moindre bruit a une grande répercussion et prend une valeur étrange. La lune éclairait distinctement toute la vallée, et les champs, les masses noires des forêts, se succédaient jusqu'au pastel des montagnes plus lointaines. La rivière surtout, miroir de glace, était tout à fait définie et je la suivais des yeux jusqu'où elle disparaissait dans ses détours. La pluie avait rempli ses réservoirs et elle commençait à monter assez considérablement. Je m'arrêtai et prêtai l'oreille. La glace craquait, comme aujourd'hui, je suppose, mais avec ce plus de netteté, cette augmentation de sonorité que lui donnait le silence et, c'est étrange à dire, la pâleur de la lumière. Tantôt, c'était un craquement sourd, une cassure profonde, presque toujours suivie de petites détonations sèches qui passaient en descendant le courant. Tantôt, c'était un crépitement sonore, une sorte de fusillade. Toujours, cela descendait le courant. Je m'amusais à suivre en imagination les cassures dans la glace et à les localiser d'après les sons. Les répercussions étaient sourdes parfois, parfois claires, tantôt c'était sec et cassant, tantôt lourd. Cela ressemblait un peu au bruit que fait un fond bossé de chaudière quand on pèse dessus, puis qu'il revient.

Je serais demeuré là longtemps, si ce n'est que le froid me força d'entrer. Je trouvai mes hôtes à genoux dans la cuisine, qui disaient leur chapelet. Je montai doucement, sans les déranger. Ç'avait été une belle soirée... et un séjour charmant. Oui, c'est joli, ce bruit, j'aime beaucoup cela. Là, avez-vous entendu, comme c'était profond, ce coup-là ?

Ste-Catherine – Ce samedi, 16 janvier 1932.

Dans l'autobus du village

Le matin est transparent et le ciel est pâlement bleu jusqu'à la fadeur ; un matin de printemps qui sent encore l'hiver dans le vent froid, où le gazouillis des oiseaux sonne comme un grelot, trop clair dans l'air trop pur. L'eau du fleuve est d'acier sous le soleil d'or pâle. Les lointains sont plus près à force de limpidité. Le vent fait un bruit de pluie dans les feuilles mortes qui gisent aux allées.

Je suis allé à la messe au prochain village. À la sortie, j'ai avisé un autobus de campagne où je me suis installé. C'est une antique Ford sonnant l'étain comme une casserole fêlée et qui halète sur la route comme une vieille pouliche asthmatique. Peu à peu s'installent les passagers, sur les deux banquettes qui se font face. Une commère de village, la face olivâtre, plissée aux yeux et à la bouche, jacasse sur les faits du jour inlassablement avec le chauffeur. Un habitant à front mince, les yeux d'eau sale, le nez longuement arrondi, tient entre deux rangées de dents jaunes qui s'avancent en coin, une pipe à tuyau d'ambre d'où coule la fumée poivrée du tabac brut. Une femme rondelette s'installe à grande secousse. Elle a l'air bourgeois sous ses habits de bonne qualité et de mauvais goût ; elle a chapeau de paille bleu fleuri en abondance, triple menton, joues pleines et de bon teint, nez furet et yeux noirs en boutons de bottines à fleur de tête. La jeune fille qui l'accompagne doit être sa fille : air de famille. Elle est d'un bloc mal dégrossi comme la plupart des filles de fermiers. Le chapeau de paille dont le bord avancé entoure son visage d'une oreille à l'autre, tranche de son bleu noir sur le teint gris d'une figure où l'on trouve une parfaite répétition des boutons de bottines de la mère. Enfin deux farauds de village, frais rasés, frais brossés, frais vernis, l'un d'air efféminé, l'autre à mâchoire carrée, brutal sous sa casquette. Tous se connaissent et la commère, un peu plus âgée que les autres, les tutoie tous. Nous attendons.

– Qui qu'on attend ?

– Le vieux Saint-Joseph.

Et tous de rire. J'ignorais le sens de cette boutade, mais je n'étais pas loin de l'apprendre.

– Il doit être en train de prier saint Joseph.

– Non, affirma la commère, il est allé au magasin acheter une clef de poêle. Il essaye probablement de marchander.

Nouveau rire général.

– Pourquoi pas partir et le laisser marcher ?

– Il ne serait pas arrivé ce soir pour sa partie de dames.

Voici notre homme. Tous l'accueillent avec un sourire narquois et entendu, où la commère met de la condescendance et les autres un air de dire : « Nous allons nous amuser à ses dépens ! »

– Y fait-y froid ! énonce-t-il pour s'introduire dans la conversation comme il s'installe là-bas.

La machine sile, se secoue, tousse, pète, grelotte et démarre comme un hoquet.

Le bonhomme n'avait pas besoin de s'introduire dans la conversation ; d'elle-même, comme tous les regards, elle le prit d'assaut à coups de questions narquoises.

– Oui, il fait trop froid pour que saint Joseph sorte aujourd'hui.

– Avez-vous bien prié saint Joseph ? Est-ce qu'il vous exauce toujours ?

– Saint Joseph va toujours bien ?

Et autres de même qualité.

Le bonhomme souriait d'un air scandalisé et de ne pouvoir protester qu'inutilement. Il pouvait avoir soixante ans, un peu courbé de rhumatisme, les cheveux gris. Son teint basané n'était pourtant pas de bonasse santé, et là comme en ses traits paraissait de la bile.

Il avait un nez cassé sous un front enfantin, le menton arrondi et les lèvres minces, les joues un peu flasques et tourmentées à la fois que d'un air bon enfant [sic]. Dans ses yeux enfoncés quoique assez à la surface, se combattaient comme en toute sa physionomie deux expressions opposées qui laissaient perplexe n'étant pas successives mais simultanées. L'une était de candide bonne foi avec ce quelque chose d'humblement bon qu'ont les dévotes, personnes résignées à la volonté de Dieu. L'autre était aiguë dans son avidité et d'une finesse hypocrite. Au demeurant, il n'y avait pas que cela dans les yeux du « bonhomme Saint-Joseph ». En eux luisait aussi une étincelle ardente dès qu'il s'agissait de ces deux choses bien différentes, la dévotion et le pécule.

– Êtes-vous des chrétiens, vous autres, disait le bonhomme ? Qui est-ce qui vient avec moi au pèlerinage à saint Joseph, demain ?

– Si vous payez le trajet, on ira, laissa passer en fumée à côté de sa pipe le bonhomme à babines de lièvre.

– Ça fait mal au ventre de payer quand on n'a pas d'argent, repartit le vieux d'un air souffreteux.

Chacun regarda son voisin du coin de l'œil d'un air entendu. En effet, ces paroles contrastaient assez avec la mise fort convenable du bonhomme.

– Vous venez d'acheter une clef de poêle ?

– Oui, j'ai payé vingt sous pour ça.

– C'est pas cher.

– Assez cher. Mais il y a une chose qu'on reçoit sans payer, c'est le ciel. On obtient ça avec des prières.

Et son regard brillait de conviction et semblait vouloir convaincre ses compagnons.

Un des farauds objecta :

– Le ciel c'est pas pour tout de suite.

Et la commère ayant fermé les yeux pour aiguiser son dard sourit par prévoyance et gazouilla :

– En effet, vous pouvez pas acheter une clef de poêle avec des prières.

Tout le monde rit, de ce rire plus animal qu'humain, des gens sans esprit en même temps que sans pitié, pour qui le vice n'a pas d'amertume et qui se moquent d'un boiteux ou d'un chien blessé.

Le bonhomme feignit de ne pas comprendre que ce rire s'adressait à lui. S'approchant de son voisin, il lui tapa sur le genou.

– Priez saint Joseph, priez saint Joseph. C'est en priant qu'on gagne le ciel.

Et il se mit à fredonner un cantique de sa voix chevrotante : Bon saint Joseph, Bon saint Joseph...

J'étais rendu, je descendis. L'autobus se secoua, toussa, péta et démarra comme un hoquet.

de St-Denys Garneau,

ce jeudi, 5 mai 1932, Woodlands.

Le gardien du phare

– Sainte Vierge, quel sale temps !

Le vent soufflait sur le bout de ce petit rocher que les vagues battaient furieusement. Il tourbillonnait en sifflant autour du phare. André Lalonde remplaçait ce soir-là le gardien, celui-ci malade d'une forte grippe qui le retenait au lit. Depuis plus d'une demi-heure André Lalonde tâchait d'allumer la lampe du phare. Impossible ! Le vent entrait en sifflements aigus par les coins disjoints du vieux phare et tout s'éteignait. Pas une lampe qui tienne !

Sur la plate-forme ça n'était pas tenable. Une neige comme d'acier cinglait horizontalement, vous pinçant et vous aveuglant.

– Que faire ? Sainte Vierge quel sale temps !

André Lalonde était descendu de la plate-forme.

– Beau vent pour un naufrage ! pensait-il tout haut pour se dégeler un peu la figure en parlant. Mais il n'entendait guère sa propre voix parmi le grondement continu de la mer et du vent.

– Impossible d'allumer seul ce soir. Il faudrait être deux. Et encore ?

Il eut un haussement d'épaules. Il n'avait pas confiance.

– Enfin ! On pourrait peut-être. Mais le chef est malade.

Courbé dans la rafale, le manteau ramené sur la figure, la casquette enfoncée, s'arc-boutant en avant pour ne pas tomber avec le vent qui le prenait dans le dos, il marchait à pas pressés. Le sentier ? Invisible. Mais il le connaissait par cœur ; aussi n'hésitait-il pas, s'avançant les yeux presque fermés dans le tourbillon impénétrable qui sifflait autour de lui.

La lumière de la maison. Il ouvrit la porte qui s'en alla frapper le mur ; une volée de neige entra.

– Hé ! Ça va ?

– Sainte Vierge quel sale temps ! Ça va pas ! Pas moyen d'allumer avec cette damnée tempête. Pas une lampe qui y tienne ! Tout revole.

Il s'approcha de l'âtre et mit ses mains au ras du feu !

– Oui, ça paraît joli ! Beau pour les naufrages.

Le malade se leva sur le coude et réfléchit. Il se passa la main sur le front ; toujours brûlant ! La fièvre ne le lâchait pas depuis deux jours. Mais il ne s'agissait plus de cela. Le temps pressait ; peut-être quelque navire s'avançait-il déjà sur le rocher et s'y fracassait.

Il songea à sa femme, à ses enfants. Oui : il n'y échapperait probablement pas ! Ah ! sale temps !

Mais ce ne fut qu'un éclair dans son cœur et dans son esprit enfiévré. C'était son devoir et il le ferait.

– À deux, ça serait-il possible d'allumer le fanal ?

– T'es fou ! Tu vas attraper ton coup de mort.

– Ça serait-il possible ?

– Peut-être.

– Passe-moi mes habits.

Deux minutes plus tard, il était prêt, un peu chancelant mais décidé. La porte ouverte, il recula d'un pas. L'air glacial le suffoquait ; il eut une profonde quinte de toux. Ramenant son collet sur sa bouche il s'élança dehors. La montée fut rude. La fièvre avait affaibli les jambes du malade. Pourtant, crispé de tout son être il fonçait tête baissée contre le vent, les dents serrées, en silence. On n'aurait pu s'entendre à cause de la tempête. Et puis, les grandes résolutions sont muettes comme les grandes douleurs et les grandes joies ; et dans la résolution du gardien, il y avait ces deux sentiments, la joie et le calme du devoir accompli, la douleur de quitter les siens sans les avoir embrassés une dernière fois.

Ils avançaient, tous deux. André Lalonde derrière son chef qu'il aidait de temps en temps. Arriveraient-ils jamais ? La pente devenait plus abrupte, le sentier était glissant de limon mouillé. Le bruit de la mer était plus distinct. Enfin ! On entendit tout près le vent qui sifflait sur le phare. Ils y étaient !

– Prends une rasade, ça te fera du bien.

Le gardien en avait besoin. Il sursautait convulsivement, les dents lui claquaient dans la bouche, ses yeux étaient hagards, affreusement.

On grimpa l'escalier à pic. La tempête redoublait de fureur.

– Tiens cela, je vais tâcher d'allumer. Mets-toi là, comme cela.

Un grand rayon fit resplendir la neige qui tombait. Le fanal était allumé.

Le gardien chancela. André Lalonde le hissa sur ses épaules et le descendit. Une gorgée, tout ce qui restait dans le flacon sur la table.

Puis, encore une fois dans la tempête. André Lalonde pliait sous le fardeau. Arrivé à la cabane, le gardien ouvrit les yeux.

– Regarde ; est-ce qu'il est bien allumé ?

– Oui, oui ! Mais toi, toi, comment te sens-tu ? Tu n'as pas froid ? Sale temps mon gars, hein !...